BANDE JOYEUSE

CHOIX

De romances nouvelles et chansons nationales.

AVIGNON,

PEYRI, Imprimeur-Libraire.

LA

BANDE JOYEUSE

CHOIX

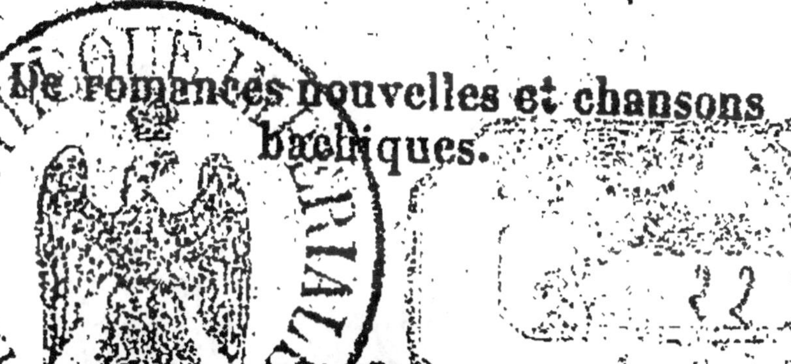

De romances nouvelles et chansons bachiques.

AVIGNON,

PEYRI, Imprimeur-Libraire.

1857.

©

UN SEUL AMOUR,

OU L'ORPHELINE DÉLAISSÉE.

Pauvre orpheline, errante sur la terre,
Un seul amour avait rempli mon cœur,
Mais le destin, par un ordre sévère,
Vint m'enlever ce rayon de bonheur.
Ah ! sans espoir il faut que je suc-
    combe
Loin de l'ingrat que tendrement j'ai-
    mais ,
Son souvenir me suivra dans la tombe,
Car mon amour ne tarira jamais.

A mon chevet ce bouquet qui se fane
Est le dernier gage de ses amours ;
Ah ! pourquoi donc, de sa bouche profane,
Sortir ce mot : je t'aimerai toujours.
Comme une fleur, hélas ! s'effeuille et tombe ,
Crédule enfant pour celui que j'aimais ,
Je vais bientôt descendre dans la tombe ,
Mais mon amour ne tarira jamais.

Ciel ! il me voit, cachons-lui, mes alarmes,
Car loin de moi peut-être il en rirait,
C'est déjà trop d'avoir flétri mes charmes
Par un dédain que mon cœur ignorait.
Dérobons-lui cette larme qui tombe,
Au souvenir d'un ingrat que j'aimais,
Je vais bientôt descendre dans la tombe ,
Mais mon amour ne tarira jamais.

Rêve doré de ma folle jeunesse,
Que je prenais pour la réalité,
Et qu'en mon cœur malgré moi je
     caresse,
Envolez-vous pour toute une éternité.
Vous le voyez, il faut que je suc-
     combe,
Mais dites bien à celui que j'aimais,
Qu'un jour ces pleurs arroseront ma
     tombe,
Car mon amour ne tarira jamais.

LES QUATRE AGES DU COEUR.

Refrain.

C'est l'amour qui dore
Des reflets joyeux
Le cœur tiède encore
Le cœur jeune ou vieux.
Ceux là sont heureux
Qui sont amoureux
Et sous l'œil de Dieu
S'en vont deux par deux.

Petit enfant, j'aimais d'un amour ten-
    dre
Ma mère et Dieu, saintes affections,
Puis mon amour aux fleurs se fit en-
    tendre ;
Comme aux oiseaux et comme aux
    papillons.
J'aimais d'amour, jusqu'au soleil su-
    perbe,
J'aimais la brise aux chants harmo-
    nieux ,
Le ver luisant, cette étoile de l'herbe,
L'Etoile d'or, ce ver luisant des cieux.
    C'est l'amour, etc.

Un peu plus tard, je jurais que ma vie,
Appartiendrait à mon premier amour,
Puis je connus l'amour de la patrie ;
Puis dans mon cœur, l'amitié eut son
    tour.
Plus tard encore , j'aimais toutes les
    femmes ,
Et tous les arts et toutes les grandeurs
J'aurais juré qu'en moi brûlaient dix
    âmes ,

J'aurais juré qu'en moi brûlaient dix
  cœurs.
    C'est l'amour, etc.

Homme à la fin, j'eus cet amour aus-
  tère,
Sacré pour tous, même aux folles
  amours.
Que devant Dieu dans un serment
  sincère,
Avec son nom, l'on donne pour tou-
  jours.
 Dieu m'envoya des enfants nés pou
  plaire :
Je les perdis, car l'amour les surprit,
Je les tenais de l'amour de leur mère,
Et puis un jour l'amour me les reprit.

Et maintenant, au bout de ma car-
  rière,
J'adore encore ma femme en cheveux
  blancs,
Et je revois mes amours de naguère
Dans les enfants de mes petits enfants.
J'aime avec foi la terre d'espérance,

Que Dieu promet au voyageur rendu,
Et plein d'amour pour la nature im-
mense,
Je m'en irai comme je suis venu.
    C'est l'amour qui dore
    De reflets joyeux,
    Mon cœur tiède encore,
    Mon cœur jeune et vieux.
    Ceux là sont heureux,
    Qui croyant aux cieux ;
    Encore amoureux,
    Y vont deux par deux.

LE MONDE D'AUJOURD'HUI,

Hélas ! aujourd'hui sur la terre
Le sexe ne sait comment faire
Pour se mettre dans le grand ton,
On ne porte plus de capuchons.
Les casawets sont plus commodes;
Oui, mais pour se mettre à la mode,
Il faut avoir beaucoup d'argent
Pour suivre la mode d'a-présent.

Des bons goûts parcourons le code,
Nous pourrons mieux suivre la mode;
Ecrivons de suite à Paris
Pour voir les modes d'aujourd'hui.
Bientôt, dit une voisine,
Nous allons porter pélerine,
Robe de soie et chapeau blanc.
Vive la mode d'à-présent.

Les dimanches et les jours de fête
On voit partout grande toilette,
Souvent au bal, à l'Opéra,
On ne voit plus rien que cela.
Robe à grands plis et chemisette,
Je voudrais savoir maintenant
Comment on gagne l'argent.

Aussi, un jour, disait Juliette,
Un corset blanc faut que j'achète,
Un bonnet rose à fleurs dorées,
Pour orner mes cheveux bouclés,
Des gants en soie dans mes mains
        fines,
Des jupons blancs, puis des bottines.
Vous jeunes filles de tout rang
Suivez la mode d'à-présent.

Enfin, vous jeunes demoiselles,
Si vous voulez paraître belles,
Soyez aimables tous les jours ,
On vous fera souvent la cour :
Mais si vous n'êtes pas bien faites ,
Ayez recours à la toilette ;
Le défaut se cache souvent
Sous un joli habillement.

L'ORPHELINE DU HAMEAU.

Rien ne m'appartient sur la terre ;
Je n'ai pas même de berceau ,
L'on m'a trouvée sur une pierre ,
Près de l'église du hameau.
Du sein maternel repoussée ,
Je comptais déjà seize printemps.
Reviens, ma mère, je t'attends
Sur la pierre où tu m'as laissée.

Mais pourquoi n'ai-je plus de mère ?
Au sein des arbustes fleuris ,
Je vois la fauvette légère ,
Son aile couvre ses petits.

Je gémis, ah ! quand je l'entends.
Reviens, ma mère, je t'attends
Sur la pierre où tu m'as laissée.

Souvent je contemple la pierre
Où commencèrent mes douleurs ;
En m'y posant, ma pauvre mère
A dû me baigner de ses pleurs.
Sur ton sein que je sois pressée,
Oh ! toi que cause mes tourments.
Reviens, ma mère, je t'attends
Sur la pierre où tu m'as laissée.

LE BATON DE VIEILLESSE.

Une pauvre femme passait
Un soir au milieu d'un village,
Et comme elle était d'un grand âge,
Sur un gros bâton s'appuyait.
Près de là jouaient des enfans
Que trop souvent malice inspire ;
L'un d'eux pour rire à ses dépens,
A la bonne femme vint dire :
Vous ne tomberez pas, oui dà,

Quel beau bâton pour la vieillesse,
J'en voudrais un de cette espèce,
Où trouve-t-on ces bâtons là.

On ne les prend pas à plaisir,
Leur dit la vieille sans colère
Fasse le ciel que votre mère
N'ait pas un jour à s'en servir.
Aimant à former votre cœur,
Enfants, lorsqu'elle vous demand
En retour tendresse et bonheur,
C'est afin que Dieu vous le rende
Elle espère et se dit : voilà
De quoi soulager ma vieillesse,
Car votre bras, chère jeunesse,
Est plus doux que ces bâtons là.

Moi, je comptais sur un meilleu,
Ajoute en pleurs la pauvre femme,
J'avais un fils, une bonne ame,
C'était le plus cher à mon cœur
Mais hélas ! la guerre le prit !
Reviendra-t-il, qui peut le dire!
J'attends toujours, et n'ai depuis
Que ce bâton qui vous fait rie.

Le pauvre enfant me disait : ça,
Je suis ton bâton de vieillesse,
Il était bon, car c'est l'espèce
Qui produit ces bâtons là.

Pauvre mère, consolez-vous !
Jetez cette branche importune,
Reprit l'enfant et sans rancune,
Allons ! appuyez-vous sur nous.
Chacun de nous veut devenir
Un jour le soutien de sa mère ;
Laissez-nous donc vous en servir
Jusqu'à la fin de la guerre.
Mais, quand votre fils reviendra,
Vous le comblerez de caresses,
Dont votre cœur se souviendra.

LES FRAISES.

Ah ! qu'il fait donc bon, qu'il fait donc
bon
Cueillir la fraise ;
Au bois de Bagneux,
Quand on est deux, quand on est deux

Mais quand on est trois, quand on est
    trois
        Mam'zelle Thérèse,
        C'est bien ennuyeux
        Il vaut bien mieux
        N'être que deux.
Ah ! qu'il fait donc bon, qu'il fait donc
    bon
        Cueillir la fraise
        Au bois de Bagneux,
Quand on est deux, quand on est deux.

Ah ! mam'zell' mam'zell' si vous vou-
    liez m'entendre ,
        Sans vous offenser
Vous m' laisseriez prendre un baiser !
    — Pas d'çà , monsieur Blaise
Ou, vrai comm' je m'appell' Thérèse,
    J' vous dévisagerais
Et ça nuirait à vos attraits,
    Ah ! qu'il fait donc bon, etc.

Ah mam'zell', mam'zell' comment vous
    rendre moins sévère ?
    J'ai des procédés :

Que faut-il faire répondez !
— Parlez à ma mère ,
Et menez-moi chez le notaire !
Un bon conjungo
Puis nous chanterons en duo :
Ah ! — Ah qu'il fait donc bon, etc.

Plus d'ambition, mais si je me trompe
il en reste une :
Dans ce p'tit logis ,
J' voudrais recevoir beaucoup d'amis,
Pour moi quel plaisir, pour moi quelle
bonne fortune ,
Si je leur plaisais ,
Par mon zèle et par mes couplets ;
Oui chaque soir j' leur offrirais
Mes fruits, mes fleurs et mes couplets.
Ah ! — Ah qu'il fait donc bon, etc.

L'HYMNE AU TRAVAIL.

Quand Dieu, dans sa bonté suprême,
Forma l'univers de sa main ,
Du travail il voulut lui-même

Donner l'exemple au genre humain.
Instruit par cet auguste emblême,
Chaque jour disons ce refrain :
    C'est le travail
    Qui créa le monde,
    C'est le travail
    Qui partout féconde ;
    Gloire et bonheur
    Au travailleur.

Le palais comme la chaumière
Sort de la main de l'ouvrier ;
Il fait de la sombre carrière
Jaillir le monument altier :
Par lui la terre tout entière
Est un vaste et noble atelier.
    C'est le travail, etc.

Si les ennemis de la France
Osaient franchir son noble seuil,
Nos bras armés pour sa défense
Sauraient écraser leur orgueil.
S'il fallait que leur insolence
Dans nos champs trouvât son cercueil,
Au premier cri de la France en alarme

Un autre cri répondrait : aux armes !
Gloire et bonheur au travailleur.

LA JEUNE FILLE A L'EVENTAIL.

Sur le Prado, près de la grille,
J'ai ramassé, charmant trésor,
Un éventail de jeune fille,
En bel ivoire et garni d'or.
La sénora qui le réclame,
A les yeux noirs, les dents d'émail ;
Pour l'obliger, je rendrais l'âme ;
Mais j'ai gardé son éventail...
Pour être heureux, garçons et filles,
Gardez longtemps, gardez toujours,
Sous vos manteaux, sous vos mantilles,
Le doux secret de vos amours !

L'autre matin, j'entre à l'église,
En pénétrant sous le portail,
Je reconnus, belle en sa mise,
La jeune fille à l'éventail ;
Je la suivis dans la chapelle,

Je la suivis tremblant d'émoi ;
Je sais comment elle s'appelle ;
Mais j'ai gardé son nom pour moi !
    Pour être heureux, etc.

Elle est partie... est-ce dommage !
Elle est déjà sous d'autres cieux ;
Son éventail et son image
Plus que jamais charment mes yeux.
En nous quittant, loin de la ville,
Ce que m'a dit la sénora,
Moi seul le sais, gens de Séville,
Et nul de vous ne le saura.
    Pour être heureux, etc.

BÉLISAIRE.

Sur les rives d'un temple antique
Se tenait un noble guerrier,
Offrant à la pitié publique
Un front usé par le laurier.
Nul ne connaissant cet homme,
L'illustre défenseur de Rome,

Un peuple avide l'entourait,
Lui dans sa honte il murmurait.

REFRAIN.

Passant, toi, qui vois ma misère,
Donne une obole à Bélisaire.

Qu'ai-je fait de cette puissance,
Dont mon fol orgueil s'énivrait,
Où donc est cette foule immense,
Que ma renommée attirait;
Moi qu'on appelait l'intrépide,
Un enfant maintenant me guide,
Richesse, honneur, tout a péri,
Ma tête même est sans abri.
Passant, etc.

Au service de la patrie,
Que de fois j'ai versé mon sang,
La guerre a refusé ma vie,
J'étais pourtant au premier rang,
A toi, grand Dieu! je m'abandonne,
Encore quelques jours à souffrir,
A mes ennemis je pardonne,
Un soldat sait comment mourir.
Passant, etc.

LES GAIS BUVEURS.

Amis, pour bien passer la vie,
De Bacchus suivons les leçons :
Bon vin chasse mélancolie,
Parfois il trouble la raison.
La gaîté surpasse l'ivresse,
Excite a de joyeux refrains ;
Allons, amis, buvons sans cesse,
Buvons, chantons jusqu'à demain.
Tra, la, la, la, la, la.

J'admire encor cette bouteille
Dont la liqueur brille à nos yeux ;
Partout elle cause merveille,
Avec elle je suis joyeux.
Dans mon verre quand l' vin pétille
Je sens renaître mon ardeur,
Quand je suis près de jeune fille,
Je bois, je chante de bon cœur.
    Tra, la, la, etc.

Et quoi ! l'on parle d'abstinence,
Je ne saurais m'y résigner.

Le ciel nous offre l'abondance ;
Sachons, du moins, en profiter.
Pour moi la fillette a des charmes ;
Mais encor plus, le jus divin ;
L'un souvent nous cause des larmes,
Et l'autre chasse le chagrin.
Tra la, la, etc.

IL FAUT QUE CHACUN VIVE.

Céline avait un si bon cœur,
Que, chaque jour, dans le village
Elle implorait tout maraudeur,
Guettant le nid sous le feuillage,
Oh ! disait-elle à leur buisson,
Laissez leurs voies et leurs chansons

REFRAIN.

Il faut que chacun vive,
C'est la loi positive.
Il faut que chacun vive,
En tout temps en tout lieu ;
Il faut que chacun vive,
C'est la loi du bon Dieu.

Sitôt qu'un pauvre, à ses regards,
S'offrait timide et sans ressource,
La belle-enfant faisait deux parts
Du peu qu'elle avait dans sa bourse.
Prenez, soupirez sans pitié,
Tant qu'au restant, c'est la moitié.
  Il faut que chacun, etc.

Aussi chacun l'aime, ma foi !
Si bien que Pierre osa lui dire :
Oui ! soit ma femme, ou devant toi,
De mon amour ici j'expire.
Sur quoi Céline l'écoutant,
Reprit encore en acceptant.
  Il faut que chacun, etc.

LE RETOUR DE CRIMÉE.

C'en est donc fait car voici l'alliance,
Pour partager les peuples et les rois,
Sur le terroir de notre belle France,
Vont se dicter des projets et des lois.
Bénissez tous le destin qui ramène

Et nos soldats les lauriers toujours
    verts.
De l'Orient les armes qu'on promène
Vont revenir, les champs nous sont
    ouverts.

REFRAIN.

Pour nos guerriers que l'écho nous
    répète :
Ils sont vainqueur et le laurier en
    main,
Les fils de Mars, au son de la trompette;
Patrie honneur, patrie honneur.

Sous les débris d'une branche éteinte,
Un empereur a fécondé des droits,
Dans l'avenir et sans porter atteinte,
Lui seul enfin fait valoir les exploits.
Rendons hommages à celui qui s'ho-
    nore,
Par ses vertus et son cœur généreux,
Et loin de lui ce calcul qu'on abhore,
C'est lui, le seul pouvant nous rendre
    heureux.
    Pour nos guerriers, etc.

Vous les voyez, ces enfants de la
    gloire,
Ils sont joyeux, ils vont voir le hameau,
Vont embrasser, couvert par la vic-
    toire,
L'objet chéri, leur précieux joyau,
Chantez, dantez, que dans chaque
    village,
Pour leur retour, les fêtes tous les
    jours,
Vous le verrez que ce soit d'âge en
    âge,
Soldats de France votre droit c'est
    l'amour.
Pour nos guerriers, etc.

RICHE D'AMOUR.

FANTAISIE.

Air : *C'est pour toi que je vais mourir.*

O toi, compagne de ma vie !
Gentille fleur de mon printemps,
Que n'ai-je, à mes lois asservie,

La fortune aux dons séduisants ;
Du plaisir les douces ivresses
Viendraient le bercer tour-à-tour...
Je n'ai pour toi que des caresses,
Je ne suis riche que d'amour.

Pour toi, souriante à toute heure,
Eveillant tes rêves chéris,
L'art gracieux de ma demeure
De fleurs ornerait les lambris ;
Mes yeux parfois perdraient ta trace
Sous l'ombrage au discret détour...
Viens près de moi, le froid te glace,
Je ne suis riche que d'amour.

Puis, dans la blonde chevelure,
Pour éclairer ton front charmant,
Scintillerait, blanche parure,
Une étoile de diamant.
A toi des bijoux, des merveilles,
Reine du bal, brille à ton tour !
Ton front pâlira sous les veilles,
Je ne suis riche que d'amour.

Oh ! tu serais la Providence,

Que Dieu sur terre fait briller !
Aux reflets de ton opulence
Du pauvre égayant le foyer ;
L'écho redirait la prière
Qui te bénirait chaque jour...
De l'âtre pâlit la lumière,
Je ne suis riche que d'amour.

LES CHEVEUX BLANCS DE BERANGER.

Ah ! trop longtemps c'est garder le
    silence ,
Pourquoi ton luth ne résonne-t-il plus?
Reprends ta lyre , et qu'elle recom-
    mence
Ses doux accords pour elle inter-
    rompus.
Sa muse, loin de s'être refroidie,
Réchaufferait nos cœurs par ses ac-
    cents !
Une chanson pour ta belle patrie !
On peut chanter encore en cheveux
    blancs ?

Dans l'atelier et dans chaque cham-
    brette ,
De toi, sais-tu ce que partout l'on dit?
« Heureux le temps où la main de
    Lisette
« Raccommodait son pauvre et seul
    habit !
« En écrivant aux pieds de son amie,
« Il y trouvait mille refrains char-
    mants ».
Une chanson pour ta belle patrie !
On peut chanter encore en cheveux
    blancs !

A son déclin le soleil se colore,
De ces rayons purs qui charment nos
    yeux ;
Nous l'admirons à sa brillante aurore,
Nous l'admirons encor quittant les
    cieux !
Demande-t-on son âge au vrai génie?
Les muses ont un éternel printemps !
Une chanson pour ta belle patrie !
On peut chanter encore en cheveux
    blancs !

C'est la chanson présente à ton bap-
      tême
Qui te berça, pauvre petit enfant !
Ajoute encore à son beau diadême
Quelques fleurons. Oui , sois recon-
      naissant !
Le cœur du peuple est plein de poésie,
Et rien ne vaut ses applaudissements!
Une chanson pour ta belle patrie !
On peut chanter encore en cheveux
      blancs !

LA CHANSON DU MARTEAU.

Avec mon vieux marteau de fer,
Travaillant six jours par semaine,
Je fais plus de train que l'enfer,
Sans m'arrêter, sans prendre haleine.
C'est que le pain vient aussitôt
Qu'on me voit retrousser ma manche,
Pan , pan, pan, frappe mon marteau,
Pan, pan, pan, frappe mon marteau,
Nous nous reposerons (ter) dimanche.

[on pauvre marteau bien longtemps
  forgé des armes de guerre ,
[ais après l'hiver, le printemps,
e soleil est doux à la terre.
'olivier repousse plus beau ,
hacun en désire une branche,
an, pan, pan, frappe mon marteau
ous nous reposerons (*ter*) dimanche.

[on marteau, double ta vigueur
u travailles pour l'industrie !
t ce palais du producteur,
romet la gloire à ma patrie.
aris , allume ton flambeau ,
on reflet passera la Manche ,
an, pan, pan, frappe mon marteau
ous nous reposerons (*ter*) dimanche.

]uand nos marteaux frappent en
      chœur
e fer, le bois, ils font merveille,
a fraternité dans le cœur
oyons unis, le besoin veille.
a paix sourit dans son berceau ,
e souillons pas sa robe blanche,

Pan, pan, pan, frappe mon marteau,
Nous nous reposerons (*ter*) dimanche.

LE VIGNERON.

CHANSONNETTE.

Je suis le plus gros vigneron
De la haute et basse Bourgogne ;
Comme un gros fût mon ventre est
    rond ,
Ma femme est la mère Gigogne.
Nous sommes à nos douze enfants
Tous gros, jouflus, tous bien portants,
Aussi nous chantons tous à l'unisson:

REFRAIN.

Bonum vinum lœtificat cor hominum,
C'est la chanson du vigneron ,
Au glouglouglouglou du flacon.
C'est la chanson du vigneron. (3 fois).

Je ne sais ni grec , ni latin ,
A quoi bon nous sert la science ;

Je sais le goût de chaque vin
De l'Allemagne et de la France ;
J'aime mieux robuste et rougeaud,
Dire en l'honneur du clos Vougeot
    Ce bon vieux refrain
    Que l'on dit latin :..
        Bonum vinum, *etc.*

Je n'aime pas votre Paris ,
Un jour dans cette fourmilière ,
J'envoyai l'aîné de mes fils
Avec cents fûts beaune première;
Vos parisiens m'ont dans Paris
Gâté mon vin perdu dans Paris ,
    Mais j'espère un jour ,
    Dire à retour :
        Bonum vinum , *etc.*

Vers le patriarche Noé
Dont la gloire me fait envie ,
J'irai , certain de sa bonté ,
Rendre compte à Dieu de ma vie ;
Puis des amis buvant mon vin ,
Se souvenant de mon refrain ,

Tous en mon honneur
Chanterons en chœur.
Bonum vinum, *etc.*

SOUVENIR DE DIX-HUIT ANS.

Air du retour des chansons.

Comme une fleur ma jeunesse a passé
Comme une fleur qui brille quelques
    jours,
Mais dont la trace est bientôt effacée,
Ah ! la beauté ne dure pas toujours.
Oui, moi, j'étais la reine du village
Je m'en souviens de ces trop courts
    instants ;
Ah ! bien des fois j'ai dansé sous
    l'ombrage,
Oui , mes enfants quand j'avais dix-
    huit ans.   (bis).

Tout enivrait mon cœur de jeune fille,
Je ne voyais dans tout que du bonheur;

Chacun m'aimait et me trouvait gen-
tille,
Chacun vantait ma bonté, ma dou-
ceur.
Et le plaisir se montrait à mon âge
Comme à l'oiseau le retour du prin-
temps.
Ah ! bien des fois, etc.

Jours de bonheur, alors j'avais ma
mère
Qui me parait en disant quelquefois :
De tout plaisir la coupe est éphémère
Auprès de moi reste pour cette fois ;
Mais j'imitais le papillon volage.
Je la quittais, hélas ! tout n'a qu'un
temps.
Ah ! bien des fois, etc.

LA CAPELINE AUX RUBANS BLEUS.

Air : *La jeune fille à l'éventail.*

— Holà ! l'enfant à la faucille,
L'an dernier, au temps des moissons,

Dans ce val une belle fille
Chantait de naïves chansons,
Dis. n'était-ce pas Madeline ?
Les boucles de ses blonds cheveux
Ondoyant sous sa capeline,
Sa capeline aux rubans bleus.

Depuis ce jour là, je l'adore ;
Depuis ce jour, je fais des vœux
Pour entendre et revoir encore
La capeline aux rubans bleus.
Je ne connais pas Madeline,
Je vois bien courir dans les prés
Plus d'une fille en capeline
Aux rubans verts, blancs ou pourprés.
Tous les soirs la brune Ysoline
Chante pour un nouvel amant,
Mais j'ai vu sur sa capeline
Un ruban d'un rouge éclatant.

— Ce n'est pas celle que j'adore,
Vainement ferai-je des vœux
Pour l'entendre, et revoir encore
La capeline aux rubans bleus ?
— Il en est une moins coquette

Qui chante aussi comme un oiseau,
Elle effeuille la paquerette
Et va rêver au bord de l'eau ;
C'est la blonde et sensible Aline,
Favorable aux tendres discours ,
Le ruban de sa capeline
Est vert tendre, espoir des amours.

Ce n'est pas celle que j'adore ,
Vainement ferai-je des vœux
Puis l'entendre et revoir encore
La capeline aux rubans bleus ?
— Regardez là-bas, dans la plaine,
Au milieu de ce blanc troupeau ,
Un corset et jupe de laine
Une fileuse sous l'ormeau ;
Plus d'un malheureux, au village,
La bénit comme le Bon Dieu ,
Elle est aussi bonne que sage...
—Que vois-je? ô ciel ! un ruban bleu.
    La voilà celle que j'adore !
Prend cet or; moi, je suis heureux;
Je vais l'entendre et voir encore
La capeline aux rubans bleus.

LES VIVATS D'UN PARISIEN.

Air : *De la Fauvette de Paris.*

Vivent les vendanges,
Vive la moisson ;
Venez petits anges
Chanter la chanson.
Rendons grâce à Dieu
De tout le bien qu'il fit sur terre,
Je veux dans ce lieu,
Le célébrer vidant mon verre.

Vive la fillette,
Vivent les amours,
Quand elle est coquette,
Je l'aime toujours.

On est bien à table
Près d'une beauté,
Quand elle est aimable,
Nous met en gaîté.
Tout est de mon goût

Pourvu qu'on sache bien me plaire,
Je voudrais partout
Que le bonheur règne sur terre.
Vive la fillette, etc.

Vive la vaillance,
Vivent les beaux jours,
Enfants de la France,
Joyeux troubadours.
Marchez aux combats,
Aux champs d'honneur et de la gloire,
Dieu guidant vos pas
Vous serez sûr de la victoire.
Vive la fillette, etc.

Tant que sur la terre
Vivra Béranger,
Ne se pourra faire
Meilleur chansonnier.
Dirigeant ses pas
Dans le chemin de la sagesse,
Sa muse, ici-bas,
Jamais n'encensa la richesse.
Vive la fillette, etc.

Vive le dimanche,
A Ménil-montant,
D'une gaîté franche
Je pince un cancan.
Moi, franc parisien,
J'aime à rire, au diable la peine !
Amusons-nous bien
Puisque j'ai gagné ma semaine.
Vive la fillette, etc.

L'HEUREUX LABOUREUR.

Air : *Le peuple est roi.*

Pour nos cœurs qu'elle douce ivresse,
Santé, travail, n'est-ce pas le bonheur?
Voilà, voilà la plus belle richesse
Du laboureur, du laboureur.

Gai laboureur, je vais à mon ouvrage,
L'astre du jour éclaire mes travaux,
La paix du cœur me donne du cou-
    rage,

Mon chant joyeux se perd dans les
    échos ;
Je suis heureux, content dans ma
    chaumière,
Lorsque je rentre auprès de mes en-
    fans,
Et pour leçon je leur lis la prière,
Et du bon Dieu les dix commande-
    ments.
      Pour nos cœurs, etc.

Quand le soleil, radieux dans sa course,
Nous fait mûrir l'épi pour la moisson,
Par sa chaleur les fruits et la fleur
    pousse
Et du raisin fait naître le bourgeon;
Le vigneron, content de sa culture,
Avec plaisir voit la grappe grossir,
Remerciant le Dieu de la nature,
Son cœur joyeux contemple l'avenir.
      Pour nos cœurs, etc.

Puis lorsque vient l'époque où l'on
    moissonne,
Chacun gaîment se rend à son travail;

Les chants, les cris de tous côtés ré-
    sonnent,
Et sous la faux des blés tombe l'émail;
Le soir arrive, alors on se repose,
Quand l'on est las de ses travaux du
    jour,
Le lendemain, lorsque l'aube est
    éclose,
Chacun repart et chante à son tour.
    Pour nos cœurs, etc.

Quand vient le jour où s'ouvre la ven-
    dange,
Voyez partir nos joyeux vendan-
    geurs,
Et bien souvent chacun d'eux cueille
    et mange
Ces grains si beaux, choisissant les
    meilleurs ;
Dieu tout puissant, toi, maître de la
    terre,
Protège-nous, nous sommes tes en-
    fants.
Toi seul es grand, et sur cet hémis-
    phère,

Soutiens le bon et pardonne aux mé-
chants.
Pour nos cœurs, etc.

HOMMAGE AUX ENFANTS DE LA FRANCE.

Battez tambour et préparez des fêtes,
Pour nos vainqueurs, nos soldats, nos
amis,
Vous les voyez dans le droit de con-
quête,
Ils sont à nous et restons tous unis.
Au champ de Mars, portés par la vic-
toire,
Leur front joyeux apporte le laurier.
La croix du brave vous le voyez ac-
croître, (bis).
Les fils des fils respectent le trou-
pier. (bis).

Marchez toujours et voyez l'auréole
Porter à tous, un rayon de l'amour,
Sous des débris dans la verte corole,

Embrassez-vous ; que ce soit pour
    toujours.
Sur la verdure à l'abri de l'ombrage,
Vous chanterez les exploits des guer-
    riers.
Vous êtes seuls en vous rendant hom-
    mage ,   (bis.)
Vous verrez bien passer de grands
    hivers.   (bis.)

Si nos soldats resplendissant de gloire,
Vont reposer, rendus au sol natal,
Sachez-le bien : portés par la victoire,
Leur avenir ne sera plus fatal.
Unissons-nous à la Turquie en larmes,
L'arme de France a protégé les mers,
Détruisez tout désormais plus d'alar-
    mes ;   (bis.)
Le verre est bu plus de soucis amers.

JE CHANTERAI.

Deux fois trente hivers ont blanchi
    ma tête ;

Je ne suis plus jeune et je chante
    eneor ;
Comme aux temps passé, comme aux
    jours de fête ,
De mes doux refrains j'ouvre le tré-
    sor.
De mes premiers ans qu'importe la
    flamme ,
On dit toujours bien ce qui part de
    l'âme.
Sous un ciel d'azur ; tant que j'en-
    tendrai
Chanter les oiseaux, moi je chanterai.

Tant que j'entendrai les cloches d'é-
    glise
Chanter l'angelus au réveil du jour ;
Tant que j'entendrai la voix de la
    brise
Chanter le printemps , soupirer l'a-
    mour ,
Tant que dans les bois la verte ra-
    mure ,
Comme un chant naïf dira son mur-
    mure ,

Dans les prés fleuris tant que j'en-
    tendrai
Chanter l'eau qui court, moi je chan-
    terai.

Tant que l'harmonie et la bienfai-
    sance,
Pour venir en aide à la pauvreté,
Se réuniront, je promets d'avance
Mon concours, déjà bien des fois
    prêté.
Mon cœur est heureux lorsque ma
    voix donne
Au concert du pauvre un chant pour
    aumône.
Avec mes chansons tant que je pourrai
Essuyer des pleurs, moi je chanterai.

TOUJOURS J'AIMERAI.

De mes soixante ans, sur ma cheve-
    lure,
Le Temps de ses doigts a marqué le
    cours ;

De soixante hivers, bravant la froi-
    dure,
Comme en mon printemps, moi j'aime
    toujours ;
Bien heureux celui, sans bien, sans
    envie,
Qui peut ici-bas aimer : c'est la vie ;
Heureux et content, tant que je vivrai,
Comme à mes vingt ans toujours j'ai-
    merai.   (bis.)

J'aime des enfants les tendres cares-
    ses,
Leurs jeux enfantins font battre mon
    cœur ;
J'aime des heureux les douces ivres-
    ses ;
Je prends, croyez-moi, part à leur
    bonheur ;
J'aime des amants l'amoureux lan-
    gage,
Quand il part d'un cœur pur, honnête
    et sage :
Heureux et content tant que je vivrai,
Comme à mes vingt ans toujours j'ai-
    merai.   (bis.)

J'aime des soldats le bouillant cou-
    rage,
J'ai dix ans passés, partagé leur sort,
Et j'aime à les voir, au sein du car-
    nage,
Fermes, sans trembler, affronter la
    mort.
J'aime dans les champs les fleurs, la
    verdure,
Le chant des oiseaux, l'onde qui mur-
    mure :
Heureux et content, tant que je vivrai,
Comme à mes vingt ans toujours j'ai-
    merai.   (bis.)

J'aime à l'indigent glisser une obole
Qui peut de sa faim calmer les dou-
    leurs ;
J'aime à dire un mot qui parfois con-
    sole ;
J'aime des chagrins essuyer les pleurs.
Pour le repentir, j'aime la clémence,
J'aime à pardonner celui qui m'of-
    fense,
Heureux et content, tant que je vivrai,

Comme à mes vingt ans toujours j'ai-
    merai.   (bis.)

J'aime Dieu clément qui sans avarice,
Répand ses bienfaits sur l'humanité ;
J'aime l'homme francs, j'aime la jus-
    tice ;
Ce que j'aime encor, c'est la liberté.
J'aime à rencontrer un ami sincère,
Une chaste épouse, une bonne mère :
Heureux et content tant que je vivrai,
Comme à mes vingt ans toujours j'ai-
    merai.   (bis.)

L'ÉTOILE DU MATIN.

Air : *Ah ! dis-moi, douce Marie.*

Brille, brille, pauvre étoile
Qu'aucun nuage ne voile,
En argentant chaque voile,
Du beau brick *le Pélerin :*
    Dans la brume   bis.
Ton astre éclatant s'allume,
    Brille, brille

Et scintille,
Pauvre étoile du marin.

N'as-tu pas, astre éphémère,
L'âme de ma pauvre mère
Qui, pressentant le danger,
Brille pour me protéger ?
    Brille, etc.

N'es-tu pas la messagère
De ma bonne ménagère,
Qui m'envoie avec espoir
Son tendre baiser du soir ?
    Brille, etc.

N'es-tu donc pas l'âme errante
De ma fille qui, mourante,
Me jette un dernier adieu
Et pour moi va prier Dieu ?
    Brille, etc.

Allons, essuyons nos larmes,
On vient de crier : Aux armes !
Car un corsaire est là-bas,
Aux armes, grand branle-bas !
    Brille, etc.

Des entrailles du *Pirate*
Un boulet part, siffle, éclate;
Sur *le Pélerin* descend...
Pierre tombe dans son sang !...

Puis soudain la pauvre étoile,
Sous un nuage se voile,
Abandonnant chaque voile,
Du beau brick *le Pélerin* :
    Sa lumière   bis.
S'éteint et meurt comme Pierre !
    Et, docile,
    Elle file
Avec l'âme du marin !...

              G. LEROY.

LA REINE DU CHATEAU DES FLEURS.

Air : *Et le cœur et la danse.*

Fuyez, esprits moroses,
Fuyez au royaume des pleurs ;
Je suis reine des roses
Dans le château des fleurs.

La couronne de mon printemps
     Comme un ciel pur rayonne,
Je veux bien employer le temps
     Que le destin me donne;
A mon âge il faut saisir
Le papillon du plaisir.
     Fuyez, esprits moroses, etc.

Vous qui trônez dans un sérail,
     Je dois vous faire envie,
Car la liberté, le travail
     Embellissent ma vie;
Sans craindre les repentirs,
Mes beaux yeux font des martyrs.
     Fuyez, esprits moroses, etc.

J'aime les apprêts d'un repas,
     Dans un bois, sous un arbre;
Dans mes amours je ne suis pas
     Une fille de marbre :
La conquête de mon cœur
Ne coûte rien au vainqueur.
     Fuyez, esprits moroses, etc.

Je ris de l'innocent chasseur
     Qui gaspille sa poudre,
Contre un être sans défenseur

Il lance en vain la foudre;
Lorsque je tends mes réseaux,
Ce n'est pas pour les oiseaux.
  Fuyez, esprits moroses, etc.

Un rien me met tout en émoi,
  Un rien m'est agréable;
Celui qui se moque de moi
  Est plus fin que le diable,
Les éclairs de ma gaîté
Font peur au plus effronté.
  Fuyez, esprits moroses, etc.

A suivre la loi de l'hymen
  Je me sens peu de zèle,
Pour être encor libre demain,
  Je reste demoiselle;
Les époux seraient charmants
S'ils ressemblaient aux amants.
  Fuyez, esprits moroses, etc.

Noël MOURET.

LE CHANT FRANÇAIS.

Au loin de nous le canon gronde,
Ici nous sommes réunis,
Chantons : Vive la paix du monde,
Honte à qui trouble le pays !
A chaque nouvelle bataille
Le Russe éprouve des revers,
Car le bruit de notre mitraille
A retenti dans l'univers.   (bis.)

REFRAIN.

Chantons , chantons de nos troupes
          guerrières
Le noble élan dans les combats,
Sans crainte affrontant le trépas,
Et nos drapeaux guidant leur pas.
Trinquons et puis vidons nos verres,
          Nos verres, nos verres
Au triomphe de nos soldats.

Dans nos banquets patriotiques
Célébrons la noble valeur,

Aussi les courages héroïques
De notre armée au champ d'honneur;
Pour enlever chaque redoute
L'on voit les quatre nations,
L'ennemi recule en déroute
Devant nos braves bataillons.
          Chantons , etc.

Buvons aux enfants de la France ,
Buvons aux fils de l'Albion ,
Au Turc, à son indépendance,
A nos alliés du Piémont ;
Salut ! salut à tous ces braves !
Pour eux il pousse des lauriers ,
Ils surmonteront les entraves
Pour rendre hommage à nos guerriers.
          Chantons , etc.

JE N'AI PLUS D'ARGENT.

A vous donner de mes nouvelles
Si je suis en retard ,
C'est que j'eus des peines cruelles,
Maman Léonard.

Faut d'abord que je vous cite
Qu'à mon régiment
Me fallut graisser la marmitte ;
Et je n'ai plus d'argent.

Ce n'est pas que je vous en demande
Mais , mon caporal ,
Quand l'exercice le commande ,
Il n'est pas brutal.
Pour payer tous les services ,
Que chaque jour il me rend ,
Faut que je fasse des sacrifices ,
Et je n'ai plus d'argent.

Avec plus d'un camarade
Je suis on ne peut pas mieux ;
Mais ce n'est pas de la limonade
Qu'on boit avec eux.
Souvent avec eux je m'arrose
Le gosier de vin blanc ,
Mais il faudrait que je paie quelque
      chose ,
Et je n'ai plus d'argent.

De temps en temps je suis malade ,

Jugez quel malheur !
Il me prend quand je suis de garde,
Des grands maux de cœur.
Je me guérirais sans doute,
Ma bonne maman ,
Si j'avais de quoi boire la goutte ,
Mais je n'ai plus d'argent.

Ce n'est pas une carotte
Que je vas vous tirer.
Maman , ma pauvre capotte
Je viens de la déchirer,
Comme je n'ai rien à la masse ,
Je serai puni vraiment
Si dans peu je ne la remplace ,
Mais je n'ai plus d'argent.

Si vous prenez à ma peine
Le moindre souci,
Je pourrai passer capitaine
Dans un an d'ici ,
Ou bien général , peut être ,
De vous ça dépend,
Maman, si dans votre lettre
Vous mettez de l'argent.

LA BANDE JOYEUSE.

Air : *Bon ! bon ! vive la folie !*

Amis, en parcourant ce monde,
Où tout semble aller de travers,
Devons-nous craindre les revers,
Lorsque l'amitié nous seconde ?
    Plus précieux que l'or,
    Son baume est le trésor
    De notre âme rieuse.

En avant la bande joyeuse !
Tout protège le bon vivant.
En avant la bande joyeuse !
La bande joyeuse en avant !

En tout lieu nous ferons merveille ;
Bacchus suit notre régiment ;
Pour celui qui boit sagement,
Il mit le bonheur en bouteille.
    Qui s'enivre est un sot ;
    L'ivresse est comme un flot
    D'une mer orageuse.
    En avant, etc.

Loin de l'homme atrabilaire
Qui veut censurer nos ébats ;
Il est des fleurs qu'il ne voit pas ,
Dont le parfum est salutaire ;
   Bien qu'on en sût cueillir ,
   Il en reste à fleurir
   Pour notre main glaneuse.
     En avant , etc.

La vertu que rien effarouche
Nous suppose mille péchés.
Les cœurs ne sont pas entachés
Quand c'est le plaisir qui les touche.
   On rit avec Lison ;
   On dort chez la raison ,
   La vieille radoteuse.
     En avant , etc.

Le mariage est, sans nul doute,
Non le bonheur ; mais un miroir ,
Où plus d'un époux croit tout voir,
Et , pauvre aveugle , n'y voit goutte.
   La lumière est à nous !
   Dieu d'hymen , pour les fous ,
   Garde ta voix mielleuse.
     En avant , etc.

Mais, si notre existence est belle,
Dans nos folles excursions,
De l'argent que nous gaspillons
Le malheur veut une parcelle ;
    Volons à son secours :
    Le ciel bénit toujours
    Une main généreuse !
        En avant, etc.   E. Petit.

J'AI MON LIVRET.

Quel bonheur ! j'ai mon livret,
J' suis ouvrier tout-à-fait ;
C'est par trop dommage,
    F, i, fi, n, i, ni,
    J'ai fini, bien fini,
    Mon apprentissage,
    Houp, la, la, houp, la, la,
    Tradéri, déra, la, la, la, lère,
    Houp, la, la, houp, la, la,
    Ah ! quel plaisir je ressens là !

J's'rai l' preu d' tous les travailleurs,
Mais, si je m' donn' d' la peine ;
J' veux m' procurer des douceurs,

Le dimanch' de chaqu' quinzaine.
Toi, l'opéra du moutard,
Lazary, j' te fais la nique ;
Je n' fréquent'rai plus l' boulevard
Qu' pour le théâtre historique.
    Quel bonheur, etc.

J' vas m' fair' fair', pour être faquin,
Par le tailleur du pèr' Blaise ;
Un beau pantalon d' nankin,
Un habit à la française,
J' veux mettr' des gilets d' couleur
Vu qu' les blancs, ça craint les taches ;
Et j' m'en vas dire au coiffeur,
Qui m' fasse pousser des moustaches !
    Quel bonheur, etc.

J' veux ach'ter pour l' jour de l'an,
Un bonnet à ma cousine,
Un fauteuil à grand'maman,
Un' robe à ma sœur Fifine.
D'abord, pour leur fair' plaisir,
J' tiendrai pas à la dépense,
Si jamais j' peux m'enrichir,
J' veux t'êtr' leur corn' d'abondance !
    Quel bonheur, etc

Pour me tenir en gaîté,
J' peux m' payer des friandises,
Et mettr' de l'argent d' côté,
Afin de m' fair' des surprises
L' jour de la Saint-Cyprien.
Soi-mêm' je m' souhait'rai ma fête,
Et j' m'emmèn'rai par la main
Dîner à deux francs par tête !
  Quel bonheur, etc.

TOUT POUR MON ENFANT.

Air de *la Rose des Champs.*

Non, ce n'est pas une chimère,
Ce n'est pas un songe menteur,
Depuis quatre mois je suis mère,
Sans maudire mon séducteur.
Malgré sa trahison cruelle,
Mon indulgence le défend :
Comment oublier l'infidèle ?
C'est le père de mon enfant.

Pauvre petit, quand tu réposes,
Les anges bercent ton sommeil,

Je vois pâlir le teint des roses
Près de ton visage vermeil;
Malheur à l'insecte perfide
Qui vient t'effleurer en passant,
Sans remords je suis homicide
Pour te venger, mon cher enfant.

Quand un cœur vertueux me blâme,
Je lui réponds avec douceur :
Touche les cordes de mon âme
Et tu seras mon défenseur;
Tous les jours, malgré qu'on me gro
Je donnerais, j'en fais serment,
Toutes les richesses du monde
Pour un baiser de mon enfant.

Gage sacré de ma faiblesse,
Soutiens mon courage abattu,
Pour édifier ta jeunesse,
Je veux pratiquer la vertu;
Avec orgueil, oui je puis dire :
A ce préjugé triomphant,
Ma bouche a toujours un sourire
Quand je contemple mon enfant.

AU CABESTAN.

Au Cabestan, et qu'on largue l'écoute,
Au Cabestan, enfants, il faut partir,
Et cette mer, gouffre que l'on redoute;
Avant la nuit nous saurons la franchir.

REFRAIN.

Allons ! allons ! allons ! goëlette
Fine et coquette,
File ton nœud,   (bis.)
Et nous protège Dieu.

Oui, nous allons au pays où les femmes
Ont de grands yeux plus noirs que le
          velours,
Qui de babord à tribord, de leurs
          flammes
Brûlent le cœur au souffle des amours.
          Allons, etc.

Mille requins ! nous gagnerons des
     piastres

Du noir corsaire en arrêtant l'essor.
Nous reviendrons brillants comme des
astres ,
Comme un ponton, tout couvert d'or.
Allons, etc.

La chaîne crie , et s'enfle la voilure
Et la goëlette , en effleurant la mer,
A l'horizon , comme un tendre mur-
mure ,
Jette à l'écho le refrain de cet air.
Allons ! etc.

LES TROIS FILOUS.

Dans une foire s'en allaient trois
filous ,
Ils comptaient faire par là quelques
bons coups ,
Mais dans la foule les paysans malins
Mettaient leurs bourses à l'abri de
leurs mains.
Tra la, la, la, écoutez bien ça.

Sur sa bourique un villageois passait,
Traînant sa chèvre à la queue du
baudet,
Faute de bourse, dit un voleur madré,
De cette chèvre moi je m'emparerai.
Tra, etc.

Je prendrai l'âne, dit le second voleur,
Et du pauvre homme nous rirons de
bon cœur ;
Mais le troisième le plus rusé des trois,
Dit : je veux mettre à nu le villageois.
Tra, etc.

A la besogne voilà mes trois sournois;
Le premier marche, et suit le villa-
geois,
Détach' la chèvre, d' la corde qui la
tirait,
Met la clochette à la queue du baudet.
Tra, etc.

Quand sur son âne notre homme va
son train,
Toujours derrière il entendra *drin*,
drin,

Puis il arrive, et descend à l'hôtel,
Voit que sa chèvre, hélas ! manque à
　　l'appel.
　　　　Tra, etc.

C'est une farce, dit-il, qu'on m'aura
　　fait,
Je veux ma chèvre, l'a-t-on vue, s'il
　　vous plaît ;
Dans le village, dit le second filou,
J'ai vu la bête qu'on tirait par le cou.
　　　　Tra, etc.

Ah ! mon pauvre homme, dit le pau-
　　vre nigaud
Gardez mon âne, je reviendrai bientôt.
Puis il s'esquive, sur le champ du
　　foirail
Cherchant sa chèvre au milieu du
　　bétail.
　　　　Tra, etc.

Point ne la trouve, le voilà revenu,
La chèvre et l'âne, hélas ! tout est
　　perdu ;

Il se désole, s'arrache les cheveux,
Puis se décide vite à quitter ces lieux.
　　　Tra , etc.

Mais sur la route il voit auprès d'un
　　　puits,
Un homme en peine et qui jetait des
　　　cris,
Pourquoi tu pleures ! quand moi l'on
　　　m'a volé,
Mon âne, ma chèvre, tout s'est envolé.
　　　Tra , etc.

C'est peu de chose, répond l'autre à
　　　l'instant
Sur cette pierre je comptais mon ar-
　　　gent ;
J'avais en bourse plus de mille louis,
Par maladresse tout est au fond du
　　　puits.
　　　Tra , etc.

Si pour la peine vous voulez me payer,
Je vais descendre dit le bon métayer.
Parbleu , dit l'autre, fouillez bien là
　　　dedans ,

Trouvez ma bourse et vous aurez
    cent francs.
        Tra , etc.

Mon imbécile quitte veste et gilet,
Puis sa culotte , de tout fais un pa-
    quet.
Il se dépêche d'aller au fond du puits,
L'autre se sauve emportant ses habits.
        Tra , etc.

Quand il remonte il avait tout perdu,
La chèvre et l'âne se trouvait tout nu.
Jure et tempête, se croit ensorcelé,
Et donne au diable tous ceux qui l'on
    volé.
Tra la, la, la, ça finit par là.

LA BELLE FERRONNIÈRE.

Air du *Cheveu blanc.*

Pourquoi trembler quand mon regard
    t'admire ?

Est-ce mon nom qui cause ton effroi !
Va , mon pouvoir ne vaut pas ton
    empire ,
Puisque tes yeux ont pu troubler ton
    roi.
Si j'ai pour moi le sceptre , ô mon bel
    ange !
Dieu t'a donné la grâce et la beauté
De nos trésors faisons un doux échange.
A moi ton cœur , à toi ma royauté !

S'il éprouvait quelque secrète envie,
Ce cœur aimé n'a qu'à se découvrir ;
Un nom pompeux peut-il flatter ta vie?
D'honneurs et d'or un mot va le cou-
    vrir,
Pourtant, crois-mois , des plus grands
    seul arbitre ,
Le monde insulte à tout luxe em-
    prunté ;
Dans tes beaux yeux brille ton plus
    beau titre ,
A moi ton cœur , à toi ma royauté !

Que crains-tu donc , ma belle Ferron-
    nière ,

Lorsque François t'offre un royal
   amour ?
De nos beautés te crois-tu la dernière,
Quoique ton nom soit sans bruit à la
   cour ?
Va, laisse leur ce vulgaire avantage,
Reste longtemps obscure à mon côté ;
Régner ainsi, c'est régner sans partage,
A moi ton cœur, à toi ma royauté !

Tu ne veux pas de ce faste illusoire
Qui pèse.. hélas ! sur mon front dou-
   loureux ;
Un sceptre d'or, brisé, remplit de
   gloire
L'illusion qui nous rendrait heureux.
Que nous importe, et trône et diadême,
Aime en moi l'homme et non la ma-
   jesté !
Il est si doux d'être aimé pour soi-même
A moi ton cœur, à toi ma royauté !

Un mot d'espoir a jailli de ton âme,
C'est le bonheur qu'enfin tu m'as pro-
   mis ;
Je puis encor déployer l'oriflamme,

Et mieux qu'hier vaincre nos ennemis.
Au champ d'honneur la mort peut me
    poursuivre ,
Tu m'as fait croire à l'immortalité ;
Toujours aimé , mourir c'est encor
    vivre !
A moi ton cœur , à toi ma royauté !

JE VEUX FINIR COMME J'AI COMMENCÉ.

Air : *Patrie, honneur, pour qui j'arme
mon bras.*

Lorsque je prends avec vous mes ébats,
C'est un refrain avant tout que j'im-
    plore ;
Mais la raison souvent me dit tout bas ;
» A cinquante ans , peux-tu chanter
    encore ? »
Par des chansons ma mère m'a bercé,
Je veux finir comme j'ai commencé.

Suivant de loin les Bernis, les Chaulieu,
Je bois d'abord quand je me mets à
    table ;

Je bois encor pour le coup du milieu ;
Mais au dessert ma soif est redoutable !
Le bouchon part... le Champagne a
    moussé...
Je veux finir comme j'ai commencé.

Quand mon curé me dit : « Mon cher,
    enfin,
» Quitterez-vous l'amour et la bou-
    teille ?
» Joyeux pécheur, il faut faire une fin. »
Et lui réponds, met tout bas à l'oreille :
« Beaux yeux, bon vin, ne m'ont ja-
    mais lassé ;
» Je veux finir, comme j'ai commencé. »

On pourrait bien se venger des mé-
    chants ;
(Et vous savez si l'espèce en abonde !)
Mais plus heureux, moi, par de ten-
    dres chants
J'ai supporté les peines de ce monde ;
Jamais le fiel dans mon sang n'a passé,
Je veux finir comme j'ai commencé.

Il m'en souvient, enfant, quand je
    pleurais,

J'étais porté dans les bras d'une
   femme !
Lorsqu'il faudra m'endormir à jamais.
Je veux encor que sa main me réclame ;
Et sur son sein posant mon front glacé,
Je veux finir comme j'ai commencé.

Un avenir, une croyance, un Dieu
Ont embelli les jours de ma jeunesse.
Lorsqu'à ce monde il faudra dire adieu ;
Sans espérer qu'un seul plaisir re-
   naisse,
Ah ! vers le ciel mon œil sera fixé...
Je veux finir comme j'ai commencé.

BRAZIER.

RAYONS D'AMOUR.

Air de *Mes vingt ans* ou du *Retour en
France.*

Où donc est-il le temps où mon ivresse
Calculais peu les heures de mes jours ;
Hochets dorés que notre âme caresse,
Illusions, bouquets de nos amours ;

As-tu donc fui, douce et tendre Sylvie,
Dans les sentiers où s'égaraient nos
    pas ?
Beaux souvenirs, échelle de ma vie,
Rayons d'amour, ne reviendrez-vous
    pas ?

J'ai désiré que la beauté fidèle
Restât toujours sur ton front amou-
    reux ;
J'en suis certain, tu dois être encor
    belle,
Ton jeune cœur est encor généreux.
Aussi d'espoir ma coupe s'est remplie,
Je viens chercher des baisers dans tes
    bras ;
Beaux souvenirs, échelle de ma vie,
Rayons d'amour, ne reviendrez-vous
    pas ?

Lorsque parfois sur ta gorge brûlante
La main d'un autre osait poser des
    fleurs,
Tu me disais de ta voix consolante :
Prenez, monsieur, sans consulter mes
    pleurs,

Dans les feuillets du livre du Messie
J'ai retrouvé tes roses, tes lilas,
Beaux souvenirs, échelle de ma vie,
Rayons d'amour, ne reviendrez-vous
    pas ?

Quand je disais à des amis perfides :
J'aime cet ange, il est mon seul trésor;
On répondait : Dans des plaines arides
Tu vas courir après ses ailes d'or ;
Plus forte alors, la sombre jalousie
A mon bonheur vient livrer ses com-
    bats :
Beaux souvenirs, échelle de ma vie,
Rayons d'amour, ne reviendrez-vous
    pas ?

Je t'aime encor comme on aime d'un
    ange
L'image pure et sainte de la Foi ;
Je t'aime encor; mais ton visage change,
Tu restes sourds et ton cœur est bien
    froid ;
A son banquet, c'est Dieu qui te convie,
C'est que tes yeux se sont fermés,
    hélas !

Beaux souvenirs, échelle de ma vie,-
Rayons d'amour , ne reviendrez-vous
   pas ?

LA BLANCHE MARGUERITE.

RÉPONSE A L'AMOUR D'UN ROI.

Air de l'*Amour d'un roi.*

Ah ! pourquoi donc vouloir de Mar-
    guerite
Ceindre le front d'un bandeau de rubis?
Pour la flétrir du nom de favorite,
Non ! laisse-lui ses vertus et leur prix !
Aimer un roi, c'est devenir esclave
D'un pur amour, c'est entacher la foi;
Respecte au moins ce bel ange suave
Que souillerait ta couronne de roi !

A tes parfums, trésors de l'Arabie,
Elle préfère une rose des champs,
Un doux baiser de sa mère chérie ,
Le souvenir de ses jeunes innocents ;
Ne trouble pas de son âme candide

Le calme pur que lui donne la foi ;
Respecte au moins le bel ange timide
Que souillerait ta couronne de roi.

Sur ton blason, va, si l'or étincelle,
Sur son beau front resplendit la can-
     deur ;
Jamais l'argent dans sa pauvre escar-
     celle,
Ne vint s'enfouir avec le déshonneur.
Ne ternis pas l'éclat dont elle brille,
Ah ! laisse-lui les douceurs de la foi.
Respecte au moins l'aimable jeune fille
Que souillerait ta couronne de roi !

DE VIELLENEUVE.

REGRETS.

Air : *Ah ! reprenez vos pipaux, vos*
hautbois.

Elle ne m'aime plus, puis-je donc bien
     le croire,
Où sont ces doux baisers, ces serments,
     cet amour ?

L'illusion est là seule de ma mémoire,
Tout mon bonheur s'est flétri dans un
jour ;
J'ai terminé le plus riant des songes,
Je pleure en vain sur la réalité...
Mes souvenirs sont autant de menson-
ges,
De tant d'amour que m'est-il donc resté ?

Quand ses cils s'abaissaient sur sa pau-
pière noire ;
Je voyais son beau front d'ébène cou-
ronné,
Ses lèvres me montraient de beaux mor-
ceaux d'ivoire,
Son sein brillait comme un marbre
veiné.
Sur un miroir je crus, jetant la vue,
Pygmalion enfin ressuscité,
Sous des baisers animer ma statue,
De tant d'amour que m'est-il donc
resté ?

Quand sa bouche charmante embrassant
la mienne
Me demandait : Ami, n'aimeras-tu que
moi ?

Ma poitrine tremblante, haletant sous la
    sienne,
Lui répondait : A toi, toujours à toi !
Presqu'insensé sous des baisers de
    flamme,
J'oubliais tout... j'aimais ma volupté !
Et nos deux cœurs ne faisaient plus
    qu'une âme,
De tant d'amour que m'est-il donc resté?

Lorsque de mon trépas l'heure sera venue,
Qu'il faudra qu'au néant je rende tout
    son bien,
Pas d'épitaphe, ami, sur ma croix simple
    et nue,
Mais un seul mot, que ce soit le mot
    rien !
Quand on viendra, pour rendre à ma
    mémoire
Quelques regrets (si je l'ai mérité),
Chacun dira, désignant ma croix noire,
De tant d'amour c'est ce qu'il est resté?
Gustave LEROY.

LE BON VIN, LA FRANCHE GAÎTÉ.

Air de

Le bon vin, la franche gaîté
Sont à table.—Une devise aimable,
Fêtons donc en pleine liberté
La gaîté, le bon vin, — le bon vin, la
  gaîté.

Accourez, enfants de la France,
Oubliez vingt ans de souffrance ;
Il faut du chant national
Que Momus donne le signal.
Chansonniers, toujours en goguette
Laissez l'ennuyeuse étiquette ,
Rangez-vous sous nos étendarts.
  Entonnez en ces lieux,
  Quelques refrains joyeux.
    Le bon , etc.

Quoi, déjà chacun me regarde
Et me dit : Voisin, prenez garde !
Ce que vous venez me chanter,

D'abord il faudrait le fêter,
C'est vrai, l'avis est salutaire,
Mais pour cela faut-il me taire?
Non, vraiment, tout comme Panard,
Je veux à vos leçons
Répéter en chansons.
Le bon, etc.

Le chagrin qui parfois me mine,
Me faisait faire triste mine;
Accablé par cent maux divers,
J'avais fait mes adieux aux vers.
Quand soudain vibre à mon oreille
Le doux glou glou d'une bouteille,
Allons, dis-je en prenant ma part,
Adieu tout le chagrin,
Je préfère un refrain!
Le bon, etc.

Lors de la risible campagne
Qui nous fit aller en Espagne,
Et vexer plus d'un citoyen;
Qu'allait-on faire? on n'en sait rien.
Allez, dis-je à ces gens sévères,
Pour moi tous les hommes sont frères;
C'en est fait, quelques mois plus tard

Ennemi tout joyeux,
J'allais rire avec eux.
Le bon, etc.

mis, tel est mon caractère,
lus heureux qu'un roi sur la terre,
J'égayais mon joyeux printemps
Et charmais d'aimables instants ;
Mais je veux, près d'une maîtresse,
Prouver, quoique vieux, ma tendresse;
Et du sort bravant le hasard
   Consacrer chaque jour
   A Bacchus, à l'amour.
    Le bon, etc.

LAURANT.

ADORONS-NOUS TOUJOURS.

Air de *la Nostalgie*, ou de *Vive Paris*.

Pourquoi toujours, ô mon aimable
   amie !
Me retracer l'image du passé ?
Réveille-toi, tu t'étais endormie ;
Oh ! non, ton cœur n'est point encor
   glacé.

Quand les soucis couvrent ton front
    morose ,
Offrons ensemble un bouquet aux
    amours :
Je veux revivre au parfum d'une rose,
Ma tendre amie , adorons-nous tou-
    jours.

Quand je te vois si douce, si jolie,
Pourquoi toujours ces récits doulou-
    reux ?
Non , tendre enfant , non , mon âme
    affaiblie
Ne doit plus voir de larmes dans tes
    yeux ;
Crois-moi , les pleurs défloreraient tes
    charmes ,
Du vrai bonheur les instants sont si
    courts :
Quand mes baisers peuvent sécher tes
    larmes ,
Ma tendre amie , adorons-nous tou-
    jours.

J'ai tant besoin de ta vive tendresse,
Ton amour seul devait me ranimer ;

Auprès de toi mon aimable maîtresse
J'ai tant besoin de vivre pour t'aimer.
Sous ton regard qui m'enivre et m'en-
    flamme ,
Je crois mourir au plus beau de mes
    jours ,
Entre tes bras je sens glisser mon âme,
Ma tendre amie , adorons-nous tou-
    jours.

Adorons-nous, quand la même pensée
Du même feu brûle dans notre cœur,
Adorons-nous et que l'âme oppressée
Dans notre amour trouve un consola-
    teur ;
Quand notre vie est en douleurs fer-
    tile ,
Faire du bien , c'est en charmer le
    cours ,
Si notre amour au malheur est utile,
Ma tendre amie , adorons-nous tou-
    jours.

LES BLAGUEURS DU JOUR.

Air de Cadet Roussel.

Un de mes amis , parisien ,   bis.
L'autre jour il me dit : Lucien , bis.
Tu le sais, jamais je ne blague,
En deux heures j'irai jusqu'à Prague,
Ah ! j'ai ri d'un bon cœur ,
D'entendre ce fameux blagueur.

L'autre jour j'entends un normand
Qui disait à chaque chaland :
Quand je vends asperges ou romaine,
J' perds au moins vingt francs par
    semaine.
    Ah ! j'ai ri , etc.

J'ai vu l'autre fois un briard ,
Dire : je ne suis pas criard.
Pendant une semaine entière
Il dispute sa ménagère.
    Ah ! j'ai ri , etc.

L'autre jour un gros bourguignon,
Me dit, mais avec un aplomb :
Le vin pour moi c'est de l'eau claire.
Je n'en ai jamais bu qu'un verre.
    Ah ! j'ai ri, etc.

Ne voilà-t-il pas qu'un gascon,
En se promenant sur le pont,
Disait : sandis, j'boirais sans gêne.
Quand j'ai soif, tout l'eau de la Seine.
    Ah ! j'ai ri, etc.

J'ai vu l'autre jour un lorrain
Dire : j'adore mon prochain,
Et mon lard, ma foi je le donne,
De mon argent j'en fais aumône.
    Ah ! j'ai ri, etc.

Voilà qu'un jour un auvergnat
Qui ne parlait que charabiat,
Disait : j'suis d' Paris, rue Vendôme;
Je ne chuis pas du Puy-de-Dôme.
Ah ! j'ai ri d'un bon cœur,
D'entendre ce fameux blagueur.

LE RÉMOULEUR.

Air de la Fauvette de Paris.

Avec peu d'envie,
Beaucoup d'appétit,
Eh gai ! c'est la vie
Du gagne-petit !

Un décret céleste
M'a fait, sans douleur,
Naître pauvre et leste
Et gai rémouleur ;
Fier de ces cadeaux,
Cherchant partout quelque pratique,
J'ai fait de mon dos
Le possesseur de ma boutique.
Avec peu d'envie, etc.

Sans nul étalage,
Je vais lestement
De ville en village
Travailler gaîment ;
Je sais, dès l'éveil,

Contenter chacun à la ronde,
   Chantant au soleil
Qui veut briller pour tout le monde.
   Avec peu d'envie, etc.

   Partout je séjourne,
   Grâce à mon métier,
   Et ma meule tourne
   Dans chaque quartier;
   Comme tout chaland,
J'aime à servir toute industrie,
   Et, toujours roulant,
Le monde entier est ma patrie.
   Avec peu d'envie, etc.

   Parcourant l'espace,
   Allant n'importe où,
   J'affile et repasse,
   Touchant sou par sou,
   Les outils actifs,
Des artisans humble apanage,
   Et jusqu'aux canifs...
Qui trouent les contrats de ménage.
   Avec peu d'envie, etc.

   Sans me montrer chiche
   De temps ou d'argent,

J'accueille le riche
Comme l'indigent ;
Des nobles couteaux
Si je restaure les toilettes ,
Je donne aux ciseaux
Le fil qu'il faut aux Rigolettes ,
Avec peu d'envie , etc.

Si , quand on débourse
Pour moi quelques sous ,
Je sais une bourse
Vident des deux bouts ;
Au pauvre , en chemin ,
J'offre un crédit qui l'émerveille ,
Est mon lendemain
Es; toujours plus beau que la veille.

Avec peu d'envie ,
Beaucoup d'appétit ,
Eh gai ! c'est la vie
Du gagne-petit !

Victor BLANCE.

TABLE.

Fin de la Table

www.ingramcontent.com/pod-product-compliance
Lightning Source LLC
LaVergne TN
LVHW020211030726
842520LV00003B/1005